फ़लसफ़े और नादानियाँ

Published by

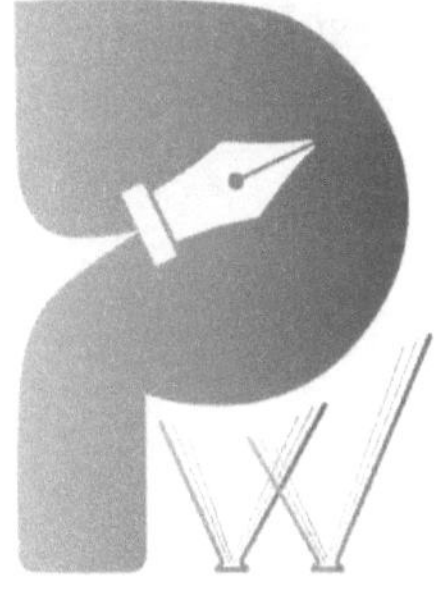

POETRY WORLD ORG

Copyright © POETRY WORLD ORG 2020

First Edition : 2020

फ़लसफ़े और नादानियाँ

Penned by

Dr. Manbir Singh

<u>फ़लसफ़े और नादानियाँ</u>

जब अलयोसा मरणासन्न फादर जोशिमा से पूछता है कि नर्क क्या है तो फादर जोशिमा का दिया हुआ उत्तर लाजवाब लगता है मुझे हमेशा से।

फादर जोशिमा कहते हैं कि नर्क है किसी भी व्यक्ति, वस्तु या काम से कोई लगाव न रखना।

(From 'The Brothers Karamazov)

हम सब इसी तरह सीखते हैं, जीवन को पूरी तरह से जीकर।

इस संकलन में जो भी है वो अपने और दूसरों के जिए हुए से ही आया है। इसमे कुछ फ़लसफ़े हैं जो देखे, समझे और महसूस किए हैं। ख़ुदा और ख़ुद को समझने की कोशिश है। इंसान से इंसान की नजदीकियों और दूरियों की बात है।

INDEX

मेरी तरह का ग़म......................................9

यक़ीन.....................................12

नाकाम कोशिशें.....................13

बदलता ज़हन.......................15

भगत......................................16

जीते हैं.................................17

आदत....................................18

हर बार.................................19

मुमक़िन...............................20

तेरा शहर..............................21

हकीकतें..............................22

दौर......................................23

बाकी....................................24

क्यूँ......................................25

ग़लतफ़हमी...........................26

दोबारा से.............................28

दरम्याने ज़िन्दगी..................29

पहचान................................30

लोग और ज़िरह....................31

शागिर्दी...............................32

अकेले... 33

दोस्त मेरे... 34

मुलाक़ात... 40

सफ़र... 41

और दॉस्तोएव्स्की.. 42

तारीख़... 43

वहम... 44

बेतरतीबी.. 45

उम्मीद-नाउम्मीदी.. 46

दायरे.. 47

कुछ लोग... 48

हालत.. 50

ख़ामोशी का सबब... 51

कुछ ख़ुदा तेरे.. 53

तुम मिले... 55

कमजोरियाँ.. 56

मैं वहीं मिलूंगा तुम्हें... 57

खुद से मुलाक़ात... 59

बेकार.. 60

उसकी आँखें... 61

ख़ौफ़ज़दा.. 62

मेरी तरह का ग़म

जब तुम जहन्नुम में ना होकर
जहन्नुम हो जाते हो
वो होता है
मेरी तरह का ग़म।

जब तुम सामने बैठकर भी
मुस्कुराने से डरते हो
वो होता है
मेरी तरह का ग़म।

जब देखता हूँ तुमको बेबस
हालात से लड़ते बिन मेरे
वो होता है
मेरी तरह का ग़म।

जब अक्सर खुद टूटा होकर भी
जोड़ता हूँ टुकड़े तुम्हारे
वो होता है
मेरी तरह का ग़म।

जब चाँद चमकता है आसमाँ में
और तुम देखते जमीं को
वो होता है
मेरी तरह का ग़म।
जब तुम मुझको और मैं तुमको

करते अनदेखा जाने क्यूँ
वो होता है
मेरी तरह का ग़म।

जब दो ज़ाम के नशे में सब कहके
सोचता हूँ के ग़लत किया
वो होता है
मेरी तरह का ग़म।

जब लोग झगड़े और ग़लत भी हों
फिर भी उनको मनाता हूँ
वो होता है
मेरी तरह का ग़म।

जब सारी खुदाई कहती जाने दे
और मैं बंधा ही रहता हूँ
वो होता है
मेरी तरह का ग़म।

जब तालीम कहती आएगा इंकलाब
और ज़िन्दगी हंसती मुझ पर
वो होता है
मेरी तरह का ग़म।

तुम देखो जब लिबास चमकते
और मैं देखूँ जेब ख़ाली
वो होता है
मेरी तरह का ग़म।

जब देखता हूँ ख्वाब सजीले अलबेले
और हालात वापिस बुलाते हैं
वो होता है
मेरी तरह का ग़म।

वो जो टूटे बिखरे बेबस टुकड़े मेरे
समेटती हो तुम चुपचाप सी
वो होता है
मेरी तरह का ग़म।

वो पूरा हफ्ता मशरूफ रहकर
कुछ ना किया लगता है
वो होता है
मेरी तरह का ग़म।

वो जिनके लिए ज़िन्दगी खोये
जब वो आँख फिराते हैं
वो होता है
मेरी तरह का ग़म।

<u>यक़ीन</u>

एक यक़ीन तेरा था
एक मेरा भी यक़ीन है
आदमी मैं ठीक हूँ
इंसान तू भी ज़हीन है।

तेरे मेरे दरमियान
क्यों फासले आ गए
जबकि बहस का मुद्दा
बहुत ही महीन है।

यू तो चाहे तू अलहदा
सोच रखे कोई भी
मगर मैं हमेशा कहूंगा
की शख़्स बेहतरीन है।

ज़िन्दगी में कुछ ज्यादा
मिला ना पाया मैंने
पर जो भी मिला है
वो तुझसे आफ़रीन है।

नाकाम कोशिशें

ढूंढता हूँ मैं तुझे, मेरी इन यादों में
पुरानी नम किताबों में, तेरे नाकाम वादों में।

ढूंढता हूँ मैं तुझे, नर्म नाजुक फाहों में
गर्म उन लिहाफ़ों में, मेरी बेचैन आहों में।

ढूंढता हूँ मैं तुझे, कॉफ़ी के प्याले में
साकी के हाले में, किसी के हवाले में।

ढूंढता हूँ मैं तुझे, सिगरेट के धुंए में
वक़्त की सुरंगों में, खाली पड़े कुएं में।

ढूंढता हूँ मैं तुझे, कमरे के कोने में
बिन नींद सोने में, किसी के रोने में।

ढूंढता हूँ मैं तुझे, नई मुलाकातों में
बेसिरपैर बातों में, तेज़ बरसातों में।

ढूंढता हूँ मैं तुझे, उजली स्याह रातों में
जादुई करामातों में, झूठे रिश्ते नातों में।

ढूंढता हूँ मैं तुझे, दिमागी पेचीदगी में
दुनियावी पोशीदगी में, रूह की तिशनगी में।

जानता हूँ बेकार है, खुद को समझाना मेरा
ख़्वाब में आना तेरा, होशमंद होना मेरा।

मगर क्या मालूम, यही हो मंज़िल
मेरे जैसे लोगों की।
बहकना, तलाशना और तलाश में ख़ुद का खो जाना।

बदलता ज़हन

हम उस दौर से निकल गए हैं, मगर मालूम नहीं हम को
की बिखर गए हैं, या संभल गए हैं।

हम उस दौर से निकल गए हैं, मगर जानते नहीं कि
वही के वही हैं, या बदल गए हैं।

हम उस दौर से निकल गए हैं, मगर परेशां हैं अभी तक
की दिल टूटा है, या बहल गए हैं।

हम उस दौर से निकल गए हैं, मगर अभी भी गुमां है ये
कि मेरी जुदाई में, वो दहल गए हैं।

हम उस दौर से निकल गए हैं, पर दिल के ज़ख्म अभी भी
नामालूम भर गए हैं, या बस सहल गए हैं।

भगत

वो लाल था
ख़ून था
या लिबास था
पर था फ़क़त कतरा ही।
जो ज़माल था
रूह थी
या जिस्म था
पर था फ़क़त कतरा ही।
वो बेहाल था
ख़्वाब था
या इंतेख़ाब था
पर था फ़क़त कतरा ही।
जो कतरा ना होता
तो बदल देता
सोये हुए मुल्क को
कोई हल देता।
जो कतरा ना होता
तो बर्बाद न होता
ये ज़ाहिल मुल्क
उसका सैयाद न होता।

<u>जीते हैं</u>

वक़्त के बसेरे में
तेरे मेरे डेरे में
चंद लम्हे जीते हैं
टूटे ख़्वाब सीते हैं।

एक धूप भरे दिन
जो बीता तेरे बिन
मालूम हुआ मुझको
ग़म कैसे पीते हैं।

एक ढलती सी शाम
जो थी तेरे नाम
पता चल ही गया
पल कैसे बीते हैं।

एक रात गुनगुनाती
कोई कहानी सुनाती
दिखा जाती है अक्सर
ज़िन्दगी कैसे जीते हैं।

<u>आदत</u>

वो जो हल्का हल्का ख़ुमार था
जो मेरी आदतों में शुमार था।
वो बीत गया तो पता चला
मैं तो सदियों से बीमार था।

जो आदत थी कुछ चीज़ों की
फितरत होती है मरीज़ों की
वो आदत थी जिन लोगों की
हर वो शख़्स तो ऐय्यार था।

कुछ तकियों कुछ लिहाफ़ों में
कुछ खुले बन्द लिफाफों में।
जन्नत से ज्यादा संभाला था जो
वो हर जज़्बात तो बेकार था।

लोगों से रही शिकायत हमेशा
कोसता रहा हर शख़्स को
कभी किस्मत कभी मेहनत
जब तक ज़िन्दगी से करार था।

अक्सर लोग बदले कारवां बदले
शहर बदले और कूँचे बदले
जन्नत की तलाश में बस
दोज़ख सामने हर बार था।

<u>हर बार</u>

हर बार ठोकर खाकर
हर बार संभलता हूँ मैं
मगर फिर दोबारा उसी
आग में जलता हूँ मैं

होंगे तुम्हारे लिये सब
सुकूँ दरो दीवार के
यहाँ तो अक्सर यूँही
तूफ़ान में पलता हूँ मैं

होंगे तुम्हारे लिए सब
झगड़े आम-ओ-खास के
लफ़्ज़ों के आसपास
बेधड़क टहलता हूँ मैं

होंगे तुम्हारे लिए रंज
और ग़म इश्क़ के
रोज़ करके दिल बर्बाद
रोज़ ही संभालता हूँ मैं

होंगे लोग दुश्मन और
होंगे दोस्त लोग तुम्हारे
रोज़ किसी को मनाकर
रोज़ ख़ुद बहलता हूँ मैं

मुमक़िन

क्या मुमक़िन नहीं कि तुम
ठहर जाओ इक दिन
इक गुलाब से ज्यादा
इक ख़ुशबू की तरह।

क्या मुमक़िन नहीं कि तुम
दूर जाओ इक दिन
नीले रंग से ज्यादा
एक आसमां की तरह।

क्या मुमक़िन नहीं कि तुम
मुझको भिगाओ एक दिन
बरसते पानी से ज्यादा
भीगे होठों की तरह।

क्या मुमक़िन नहीं कि तुम
यूँ ही मुस्कुराओ इक दिन
भूल कर सब झूठ तुम्हारे
सच्चे वादों की तरह।

क्या मुमक़िन नहीं कि तुम
मुझे बुलाओ एक दिन
एक जरूरत की तरह नहीं
एक इनायत की तरह।

<u>तेरा शहर</u>

दिन भर के शोर में
लोगों की भीड़ में
ये गुमसुम सा लगता है।

मद्धम रोशनियों से भरा
रात को ये शहर तेरा
हमदम सा लगता है।

शाम का आना धीरे से
सूरज का जाना जल्दी से
कुछ कम सा लगता है।

सुबह भोर का वापिस आना
ओस की बूंदों के संग
रहमो करम सा लगता है।

<u>हकीकतें</u>

किसके थे दरख़्त, किसका था दरबार
कहाँ हैं वो आज, और उनका कारोबार।

चारों तरफ कहकहे, बाजारू खुशियाँ
बाहर से मस्त सब, अंदर से लाचार।

मिट्टी से सोना उगना, बन्द हुआ कब से
बस याद बचे हैं सबको, चन्द से दीनार।

दीवारों में कैद हैं, ज़िंदगियाँ यहाँ आज
बीमार शख़्स भी हैं, एक अच्छा व्यापार।

दौर

ये हसरतों का दौर है
ये चाहतों का दौर है।
ये बेबसी का दौर है
ये राहतों का दौर है।

दौर ख़त्म ज़िन्दगी का
दौर ख़त्म बंदगी का
ये ज्ञानियों का दौर है
ये कहावतों का दौर है।

ये दासता का दौर है
ये आजादियों का दौर है
ये वीरानियों का दौर है
ये आबादियों का दौर है।

ये सियासतों का दौर है
झूठी इनायतों का दौर है
ये कहकहों का दौर है
झूठी मन्नतों का दौर है।

बाकी

लफ़्ज़ों के दरमियां एक आह बाकी है
नज़रों के दरमियां एक चाह बाकी है।

यूँ तो मैं हूँ मशहूर बहुत मेरी दुनिया में
मगर एक तेरी खनकती वाह बाकी है।

देखे बाजार, देखे दरिया, खेत-खलिहान
बस तेरी तरफ जाती इक राह बाकी है।

यूँ तो किसी को ठगा नहीं कभी मैंने
जाने तुम से कौन सा, निबाह बाकी है।

रात लगती है महबूब के आगोश जैसी
मगर रूह के लिए इक सुबह बाकी है।

मिला के भी तुझसे क्यूँ न मिलवाया
उस खुदा से बस ये जिरह बाकी है।

क्यूँ

कुछ मेज़ कुर्सियां मुझसे, सवाल करते हैं
क्यों लोग हमपे बेवजह, बवाल करते हैं।
खुद की ज़िंदगी को यूं, जीना छोड़ कर
मासूम इंसानों को कैसे, हलाल करते हैं।
आतिश होगा दिमाग तो, आएंगे शोले ही
लोग मुझे समझ के बर्फ, कमाल करते हैं।
मजहब और धर्म में जब, फ़र्क़ नहीं मालूम
किस बात पे फिर वो, जलाल करते हैं।
समझा नहीं जिन्होंने मतलब, इंसां होने का
इश्क़ पे मुझसे अब क्यों, सवाल करते हैं।

ग़लतफ़हमी

ग़लतफ़हमी में है दुनिया
कि रास्ते बनते हैं
क़ुदालों से
बुलडोज़रों से
फावड़ों से
या मशीनों से
रास्ते बनते हैं क़दमों से।

ग़लतफ़हमी में है दुनिया
कि बस्तियाँ बनती हैं
पक्के मकानों से
बड़ी दुकानों से
ऊँची इमारतों से
किताबी इबारतों से
बस्तियाँ बनती हैं इंसानों से।

ग़लतफ़हमी में है दुनिया
कि हस्तियाँ बनती हैं
जेब में पैसे से
बस जैसे तैसे से
शोहरत होने से
बेग़ैरत होने से
हस्तियाँ बनती हैं ख़यालों से।

ग़लतफ़हमी में है दुनिया
कि ज़िंदगी बनती है
साँसों के चलने से
दिन रात बदलने से
उम्र के ढलने से
यूँही आँखें मलने से
ज़िंदगी बनती है सवालों से।

<u>**दोबारा से**</u>

चलो आज फिर से जिंदगी को नए सिरे से सजाता हूँ
कुछ तुम्हे भूल जाता हूँ, थोड़ा खुद को भी भुलाता हूँ।
चाँद वही है तारे वही और मजमून रेत पे लिखे थे जो
छोड़ो चाँद सितारों को बस वो मजमून आज मिटाता हूँ।
धूप फिर से ताज़ी है आज और परिंदे भी नादान से
धूप को छोड़ो जाने दो, बस परिंदों को बहकाता हूँ।
अक्सर गलती करके लोग इल्ज़ाम देते हैं दूजों को
इन इक तरफा इल्ज़ामों को आज खुद से दूर हटाता हूँ।
क्या हुआ जो सबने अब तक मतलबी समझा मुझको
मैं तो अब भी यूँ किसी के दुख दर्द में हाथ बंटाता हूँ।

दरम्याने ज़िन्दगी

यूँ होता तो क्या होता,
यूँ न होता तो क्या न होता,

ज़िन्दगी दयारे ग़म से कहती हुई निकलती,
वक़्त से रंज ओ ग़म लेकर बहती हुई निकलती,
अच्छे बुरे का क्या क्या, सहती हुई निकलती,
काश ये ग़र न होता, दरम्याने ज़िन्दगी।

लफ्ज़ों का किताबों में रहना बेमानी ना होता,
एक का इश्क़ दूसरे के लिए कहानी ना होता,
इंसान वक़्त और हालात देख रूमानी न होता,
काश ये ग़र न होता, दरम्याने ज़िंदगी।

<u>पहचान</u>

कल मिला था मुझे वो
मेले में गुम बच्चे सा
फटे चिथड़ों में बेहाल था
और जेब में एक चॉकलेट
चेहरे पर मुस्कान थी
पर दर्द की शिकन भी
मुस्कान बहुत पुरानी थी
पर दर्द नया था शायद
पूछा तो बोला कुछ लोग
किताब लिख रहे हैं उस पर
उसके पुराने कपड़ों पर
जेब की नयी चॉकलेट पर
पर जानता वो भी था
किताबें रूह तक नहीं झांकती
एहसान फरामोश इंसानों की
चलते चलते यूँ ही नाम पूछा
तो बोला पहचाना नहीं
मैं हिंदुस्तान हूँ।

लोग और ज़िरह

करते हैं लोग पसंद
दोष देना इतिहास को
ये ऐसा शगल है जो
पसंद है आमो-खास को।

वो देते हैं दोष
एडिसन के पूंजीवाद को
लेनिन या मार्क्सवाद को
मैकाले की शिक्षा को
बुद्ध की भिक्षा को
अकबर के राज को
अशोक के काज को
हिटलर के कहर को
इतिहास के हर पहर को।

नहीं देखते तो बस
अमीर की नाकारी को
गरीब की लाचारी को
किसान के शौक को
मन की रोक टोक को
लालच न खत्म होते को
बेवजह बच्चे रोते को
धर्म कर्म पर लड़ने को
छोड़ के उनके मर्मों को।

शागिर्दी

वो रास्ते जिनपे चलकर बड़े हुए
वो उसूल जिनपे थे हम खड़े हुए
वो रास्ते गुम से लगते हैं
वो उसूल नम से लगते हैं।

वो जो सबसे सीखा पढा हमने
वो ज़िंदगी को जो गढ़ा हमने
वो ख़ाली बेकार सा लगता है
गफलतों का बाज़ार सा लगता है।

वो जो इसने उसने मनवाई हमसे
वो जो हमेशा से थी पराई हमसे
अब तक गुज़रा सब रंजो ग़म
रवायतों से प्यार सा लगता है।

सिगरेट के धुएँ सी घुटन जिसमें
काँच के चटकने सी टूटन जिसमें
तेरा इश्क़ कुछ ऐसा मौसम है
इनायत नही इंतज़ार लगता है।

अब तो बस हूँ
शामो- सहर, पहर दर पहर
भूलने की कोशिश में मशगूल
रास्ते, गफलतें, रवायतें, इनायतें।

<u>अकेले</u>

अकेले चाय पीने का मज़ा कुछ और है
पैमाने में अकेले झाँकने की सज़ा और है
अकेले हम तब भी कहाँ थे जब दूर थे
अब तनहा बहुत हैं जब कुर्बतों का दौर है।

तेरे लम्स थरथराते है उँगलियों के पोरों से
हँसी तेरी खनकती हैं दिल में ज़ोरों से
गुलमोहर के फूल सरकते थे ख़ामोशी से
अब हर तरफ़ वफ़ाओं का बेअदब शोर है।

तब सर्दियाँ आती थी तेरे चेहरे के नूर से
बारिशें तेरे आँसुओं में दिखती थी दूर से
अब मौसमों के इंतखाब की आदत नहीं रही
वो शख़्स कोई और था ये शख़्स कोई और है।

दोस्त मेरे

आज सुन ज़ू बहुत याद आया,
बरसों हो गए उससे मिले हुए।

मार्कस औरेलिस को बहुत मिस किया,
कितने वक़्त से उसकी नहीं सुनी।

आज मैकियावेली आस पास घूमता हुआ लगा,
जैसे उससे पूछने के इन्तेजार में हो।

आज ड्रैकुला भी यहीं मंडराता लगा,
कान में फुसफुसाता हुआ,
इश्क़ की शिद्दत सिखाता हुआ।

फ्लोरेंटिनो यहीं लड़खड़ाता हुआ लगा,
जैसे सिखा रहा हो इंतज़ार करना।

गेब्रियल एलन भी यहीं घूरता हुआ बैठा है,
हर बार हार को जीत बनाने का जज्बा देता हुआ।

लाओ त्सु अब भी सरहद से भागता हुआ,
कह रहा है,रास्ता था ही नहीं, कभी कहीं।

सिद्धार्थ अभी भी मल्लाह के पास बैठा है,
लहरें गिनने की नाकाम कोशिश में जीवन समझता हुआ।

इवान अभी भी शैतान के हाथ मे है,
छटपटाता छोटे अलयोसा की राह देखता सा।

आंद्रेई अभी भी घोड़े पर बैठा पुल के पार देख रहा है,
जंग और इश्क़ में चुनाव किसका करे।

इस्माइल अभी भी समंदर की गोद मे डूबा है,
अहाब के पागलपन और अपनी जिंदगी दोनो को बचाता सा।

कियारा अभी भी सीख रही है बारीकियां
फ़र्ज़ और मोहब्बत में फर्क की।

औरेलिओ खड़ा है बंदूक के सामने आज फिर
डर अभी भी नही उसे बस बर्फ देखना चाहता है शायद।

सूरदास अभी भी भाग रहा है गाड़ी के पीछे
बरसों से नियति के बारे में समझा रहा है मुझे।

डोरियन तस्वीर के अंदर से बाहर आने को है
उसकी कयामत के बाद तक जीने की प्यास जिंदा है।

सैंटियागो अभी भी भटक रहा है रेगिस्तान में
खजाना पाकर भी अधूरा है अभी शायद।

एलिजा छुपा है भूसे की कोठरी में अभी तक
खुदा के वजूद पर शक अभी भी है बरकरार उसका।

विटजनस्टीन चुप है अब लगभग एक सदी से
कहने को कुछ छोड़ा ही नही उसने एक हर्फ़ के बाद।

शम्स अभी भी भटक रहा है कोन्या की गलियों में
उसे अभी भी तलाश है रूमी की, ग़मज़दा लोगो में ।

शरलॉक आज फिर से कोकीन के नशे में है
तंग आ गया है आम लोगों की तयशुदा जिंदगी से।

इलियट डर दिखाता अभी भी मुट्ठी भर रेत में
पर दुनिया अभी भी बंजर जमीन सी है।

रस्किन बांड का कहना है कि प्यार एक दर्द भरा गीत है
पर उसके शब्दों से हमेशा प्यार ही छलकता है।

हावर्ड रोर्क चट्टान पर खड़ा है कूदने की सोचकर
शायद अपने लिए जीना वो भी नहीं सिखा पाया मुझे।

जॉन गॉल्ट का रेडियो बन्द है कि बरसों से
जानता है कि वो मेरी रूह में बस चुका है।

दांते का नर्क अब डरा नहीं पाता किसी को
लोग पहले से जहन्नुम में जो जीने लगे हैं।

एडमंड दांते अभी भी बेचैन कर देता है अक्सर
बदला लेकर चैन तलाशना शायद काम नहीं आया।

बकोव्स्की डूबा रहता है अभी भी शराब के नशे में
बकता रहता है कि कोशिशें बेकार हैं सब।

एलन कार्लसन जोर से ले रहा है बूढ़ी सांसें
हर उम्र में ज़िन्दगी ज़िंदा रहने का नाम है उसके लिए।

कार्लोस अभी भी बंदूक की दूरबीन से देखता है
मारना ही शायद जिंदा रहने का तरीका है उसका।

ओलिवर अभी भी दौड़ रहा है नजदीक के पार्क में
जेनी का चले जाना उसे कभी कुबूल नही होगा शायद।

ये और बहुत सारे दोस्त ज़िन्दगी की हर राह में
आ ही जाते हैं दुनिया में, अकेलेपन में समझाने।

(इसमें वो सब लोग हैं जो किताबों से निकलकर बाहर आये और
मुझे समझाया और बहुत कुछ सिखाया।)

(इनके बारे में ज्यादा जानना हो तो इन किताबों के नाम यहां दे रहा हूँ। शायद इनके बारे में भी आप पढ़ें तो इस कविता को बेहतर समझ पाएंगे।

Sun Tzu - Art of War
Marcus Aurelius - Meditations
Niccolo Machiavelli - The Prince
Dracula by Bram Stoker
Florentino - Love in the Time of Cholera
Gabriel Allon - Daniel Silva
Lao Tzu - Tao Te Ching
Siddharth - Hermann Hesse
Ivan from The Brothers Karamazov
Andrei from War and Peace
Ismael from Moby Dick
Chiara from books by Daniel Silva
Aurelio from One Hundred Years of Solitude
Surdas from Rangbhoomi
Dorian from The Picture of Dorian Gray
Santiago from The Alchemist
Elijah from The Bible
Ludwig Wittgenstein - Tractatus Logico Philosophicus
Shams and Rumi from The Forty Rules of Love
Sherlock by Arthur Conan Doyle
The Waste Land by T S Eliot
Love is a Sad Song by Ruskin Bond
Howard Roark from The Fountainhead
John Galt from Atlas Shrugged
Inferno by Dante

Edmund Dante from The Count of Monte Cristo
Charles Bukowski (American Author)
Allen Carlson from The Hundred Year Old Man Who
Climbed Out the Window and Disappeared
Carlos from The Day of The Jackal
Oliver from Love Story and Oliver's Story)

मुलाक़ात

कुछ ही दिन पहले मुलाकात हुई एक शख्स से
मिलके लगा जैसे मिला हूँ अपने ही अक्स से
बहुत कुछ एक जैसा है हम दोनों में जाने कैसे
फिर भी इतने वक़्त से उससे क्यों नही मिला ऐसे
उसको मालूम है गुलमोहर के रास्ते की कहानी
जानता है वो बचपन मेरा, मालूम उसको जवानी
बरगद के पुराने पेड़ पर उसने भी गुजारी दोपहरी
उसके भी घर पर कभी संदली शामें थी ठहरी
मेरी तरह उसको भी ये शौक था जहानत का
उसे भी पुरखो का सबक मिला इंसानियत का
उसके भी बुजुर्ग नादां थे दुनियादारी से दूर थे
मगर दुनिया के लोग तो कई नशों में चूर थे
उसने भी खाई ठोकरें मतलबी दुनिया मे अक्सर
लोग बदलते गए निशां छोड़ते दोनो के दिल पर
इश्क़ उसके लिए पूजा था, मेरी भी इबादत थी
हर लम्हा ठुकराया जाना दोनो की ही आदत थी
पर हकीकत उसकी भी ये है मेरी भी यही है
दिल किसी तिजोरी में है, दिमाग वहीं पर है
अब ना वो किसी से उम्मीद करता है ना ही मैं
अब बरसों से ना वो किसी पे मरता है ना ही मैं
लोग हैरान हैं जब चाय पे मिलता हूँ मैं उससे
कहते हैं कि मैं तो बस बात करता हूँ खुद से।

<u>सफ़र</u>

क्या कभी सूंघी है
मिटटी की खुशबू, बारिश के बाद
भूख की खुशबू, चूल्हे की आग में
फसल से आती हवा, पकने के बाद।
क्या चखा है कभी
ताजे गुड़ का स्वाद, कोल्हू के पास
सर से बहकर आती पहली बारिश को
भागते भागते,चोरी के खरबूजे को
क्या सुनी है कभी
पंछियों की आवाज़ें, नींद से जागते ही
किसी बच्चे के पहले बोल, तोतले से
आँधियों के बीच से हवा की गुफ़्तगू।
क्या देखी है कभी
ख़ुशी बेइंतहा, मिटटी में खेलते बच्चों की
उड़ने से पहले पंछियों की उछल कूद
बारिश के बाद, नीले आसमां की जन्नत।
अगर ऐसा कुछ हुआ है कभी और
आपको याद है।
तो तय कर लिया है आपने सफर
आदमी से इंसान होने का।

<u>और दॉस्तोएव्स्की</u>

(फ्योदोर दॉस्तोएव्स्की वो लेखक हैं जो कभी जुदा नही होते)

वो पुराने जमाने के घर
कच्ची गालियां गाँव की
खेत में पेड़ शीशम के
रजबाहे में नहाते बच्चे
और दोसतेव्स्की।

नुक्कड़ की चाय की दुकानें
पुराने शहर जाती एक बस
वो त्यौहार पे भरे बाज़ार
सर्दी में गुलमोहर के पेड़
और दॉस्तोएव्स्की।

नास्तिक लोगों की आस्तिकता
तालीम के बाद की हकीकतें
वो कमसिनी की नादाँ मासूमियत
वो बड़े बुजुर्गों की नसीहतें
और दॉस्तोएव्स्की।

वो ख़ुदा से जुड़े सवाल
वो क़ुदरत के नज़ारे बेमिसाल
वो किताबी ज्ञान का पिटारा
ना मालूम कहाँ गया सारा

और दॉस्तोएव्स्की।

<u>तारीख़</u>

पीटर्सबर्ग की बर्फ़ीली सड़कें
थेम्स से गुज़रता पुल
फ्लोरेंस के ईंटों बने रस्ते
हवाना का नीला समंदर

स्टेलिनग्राद की वो लड़ाइयाँ
क्रांति लेनिन और गॉल की
साम्राज्यवाद का डूबता सूरज
झूठा उजाला बाजारों का

भूलना सदियों पुराने ज्ञान का
समझना नए को आकाशवाणी
उनकी तालीम बनी तालीम
अपना इल्म बन गया कहानी

सब गवाह हैं और रहेंगे
आदमी के इंसान बनने का
इंसान के शैतान बनने के
और इंतेज़ार करेंगे क़यामत तक
इंसान के फरिश्ता और पैगम्बर होने का।

<u>वहम</u>

आज फिर से कोई वहम पाला जाए
फिर हवा में एक सिक्का उछाला जाए

बन्द ठगे जो कबूतर बरसों से पिंजरे में
उनको फिर से हवा में उछाला जाए

जरूरत है आज फिर से चिल्लर की
फिर किसी गुल्लक में हाथ डाला जाए

फिर आज एक ज़ख्म की जरूरत है
दिल के अंधेरे कोनों को खंगाला जाए

बेतरतीबी

यूँ वक़्त बेवक़्त देखना
अचानक उड़ते परिंदों को
बेवज़ह झगड़ते बच्चों को
खेलते मासूम बछड़ों को
ज़िन्दगी के झगड़ों को।

वक़्त बेवक़्त महसूस करना
एक मासूम से इश्क़ को
आँख में रुके अश्क को
सुखी खाली पड़ी मश्क़ को
दोस्तों से होते रश्क़ को।

टालना बेवज़ह की बातें जैसे
बच्चों की नादाँ गुस्ताख़ियां
तेरी नाराज़गी की अठखेलियां
दूरियाँ तेरे मेरे दरमियाँ
और दिल्ली की सरगर्मियां।

बस यही सब करते
ज़िन्दगी चली जा रही है
मैं उसपे रो देता हूँ
वो मुझपे मुस्कुरा रही है।

उम्मीद-नाउम्मीदी

खिड़की से आती हवा से
जब पूछा मैंने
क्या फर्क है
तुम्हारे खिड़की और
दरवाजे से आने में
और खुले मैदानों में

हवा थोड़ा घबराई
मैंने हिम्मत बंधाई
तो बताया उसने
की फर्क है बस
उम्मीद और नाउम्मीदी का
आज़ादी और गुलामी का

उम्मीद आज़ादी की
खुले मैदानों में
डर गुलामी का
खिड़की दरवाजे से
अंदर आने में।

दायरे

माना मज़हब नहीं सिखाता, आपस में बैर रखना
पर फिर क्यों दिलों में, ये दीवारों को भी बनाता है।

जलते सूरज से मुँह छिपाने को, आदत ना बनाओ
ये आसमां सूरज ही नहीं, तारों को भी सजाता है।

चाहे जितना कोसो मौसम को, जी भर के तुम
ये बस खिज़ा ही नहीं, बहारों को भी बनाता है।

चाहे कितने मग़रूर हो किनारे किसी लहर से
ये तो दरिया ही है जो, किनारों को बनाता है।

दायरे दिल को नहीं, दिल दायरों को बनाता है
शायर वक़्त को नहीं, वक़्त शायरों को बनाता है।

<u>कुछ लोग</u>

कुछ लोग होते हैं

एक स्लोगन की तरह
लाल स्याही से लिखे
तवज्जो के मोहताज
बिन किसी आगाज
बिन किसी बुलंद आवाज़

कुछ लोग होते हैं

एक कहानी के जैसे
जो शुरू होती है कहीं
बीच से जहां होता है
बस मैं ही मैं का शोर
जैसे उनका ही दौर

कुछ लोग होते हैं

धुंधले आसमाँ के जैसे
ना उम्मीद ना नाउम्मीदी
उलझे से बस खुद मे
ना धूप ही दिखती जिसमे
ना बारिश का ही भरोसा

कुछ लोग होते हैं

हिलते पेंडुलम के जैसे
वक़्त के ना बेवक़्त के
गुलाम बस तख्त के
ना सगे के ना पराये के
बस खोये के ना पाए के

<u>हालत</u>

हमारी हालात उस कप के जैसी है
जिसे डस्टबिन में फेंक दिया गया हो
और जो इस इंतेज़ार में हो कि
कभी कोई आएगा उसे डस्टबिन से
निकलेगा, अलग करेगा, साफ करेगा
और फिर से एक फैक्ट्री भेज देगा
जहां उसे फिर से पिघलाया जाएगा
एक नई शक्ल में, नए आकार में
एक नई उम्मीद के साथ कि किसी
एक दिन वो फिर से किसी चाय को
जगह देगा अपने दिल में और पहुंचेगा
किसी होठ तक फिर से फ़ना होने को।

<u>ख़ामोशी का सबब</u>

जो वो पूछे कभी
खामोशी का सबब
तो बोलें हम बस इतना
इश्क़ है खामोशियों से
काली सर्द रातों से
तेरी सरगोशियों से
खुद से मुलाकातों से।

वो जो पूछे कभी
मेरी बेहोशी का सबब
तो बोलें हम बस इतना
इश्क़ है तेरी बातों से
झूठे सच्चे जज्बातों से
तेरे हाथ की चाय से
मेरी खराब आदतों से

वो जो पूछे कभी
मेरी मदहोशी का सबब
तो बोलें हम बस इतना
नशा है स्याह रस्तों से
नफरत गुलामपरस्तों से
महंगे से डरते हैं हम हैं
मोहब्बत है सस्तों से।

वो जो पूछे कभी
मेरी सरगोशी का सबब
तो बोलें हम बस इतना
इसका कुछ नहीं नातों से
आधी रात की बातों से
हम तो बस मिलना चाहें
तेरी सुनने की चाहतों से।

<u>कुछ ख़ुदा तेरे</u>

एक आँसू मेरी
पलकों पे जब
आके सोचे ये
ढलके के संभले

साँस जब हो
भारी सी बेबस
गले से भारी सी
आवाज़ बरबस

क़दम जब कहें
आगे या पीछे
हौसला भी ताके
उमीदों के रस्ते

तकिए पे नींदें
देखने लगें राहें
सपने ही सही
झूठी सच्ची चाहें

जब देख कर
अपनों के चेहरे
हर पल लगे
क्यूँ मुँह ये फेरें

तो मान लेना
दिल संभाल लेना
और ख़त्म करना
और कह देना

कुछ खुदा मेरे
कुछ खुदा तेरे
कुछ ख़्वाब मेरे
कुछ वहम तेरे

वहम ही थे
या थे हक़ीक़त
नामालूम मुझको
पर बेघर कर गए।

तुम मिले

जिंदगी के उस हिस्से में
जब मैं अक्सर जीने की कोशिश में
जिंदगी ही छोड़कर भाग
जाना चाहता था कि उसी दौर में
मुझे तुम मिले।
कहानी के उस किस्से में
जिसे मैं लिखने की कोशिश में
अधूरा छोड़ देता था यूँ ही
उसे पूरा करवाने के लिए ही
मुझे तुम मिले।
तस्वीर के चंद रंगों में
जो कैनवस पे बिखरे छोड़े थे कभी
रद्दी में जाने के इंतज़ार में
उन रंगों को शक्लो सूरत देने ही
मुझे तुम मिले।

कमजोरियाँ

तहज़ीब भरी बातें मुझे अक्सर डरा देती हैं
तेरी खामोशियां मुझे चुपचाप हरा देती हैं।
यूँ तो भूल जाता हूँ चीजें रखकर रोज़ ही
तेरी आंखें मिल जाने का भान जरा देती हैं।
हर तबके में है थोड़ी बहुत इज़्ज़त वैसे तो
बातें मगर मेरे मुंह से अक्सर मरा देती हैं।
वैसे तो कभी शैतान से नहीं हारा था मैं
मगर औलाद की जिदें कुछ भी करा देती हैं।
बड़े से बड़े जुल्म सह जाता हूँ हंसकर मैं
माँ की यादें बेवक्त मगर आंखें भरा देती हैं।

मैं वहीं मिलूंगा तुम्हें

सही गलत से परे, एक खुला मैदान है
मैं वहीं मिलूंगा तुम्हें।
जिंदगी के तजुर्बे में ढला, वक़्त से पीछे चला।
देखे बहुत कुछ नागवार, देखे बहुत कुछ भला।
मैं वहीं मिलूंगा तुम्हें।

झूठ सच से परे, एक नदी है ख़यालों की
मैं वहीं मिलूंगा तुम्हें।
कुछ कहानियां सुनाता, कुछ किस्से गढ़ता हुआ।
मेरी गलतियां पुरानी, किसी और पे मढ़ता हुआ।
मैं वहीं मिलूंगा तुम्हें।

स्याह सफेद से परे, एक रंग है महोब्बत का
मैं वहीं मिलूंगा तुम्हें।
ख्वाबों में खोया सा, थोड़ा जागा थोड़ा सोया सा।
एक हंसते हुए चेहरे के संग, खूब सारा रोया सा।
मैं वहीं मिलूंगा तुम्हें।

सुख दुख से परे, एक सुकून है जाना पहचाना सा।
मैं वहीं मिलूंगा तुम्हें।
कभी चूल्हे की आग में, कभी किसी गीत के राग में।
कभी बैठे बैठे यूँ ही, कभी रोज़ की भागम भाग में।
मैं वहीं मिलूंगा तुम्हे।

तेरे मेरे से परे, एक मिल्कियत है खुदा की
मैं वहीं मिलूंगा तुम्हें।
कभी मस्जिद की अजान, कभी मंदिर के भगवान में।
कभी जाने पहचाने में, कभी बिल्कुल अनजान में।
मैं वहीं मिलूंगा तुम्हें।

खुद से मुलाक़ात

जब निकलो रोशनी की तलाश में
मन की लालटेन तुम जला लेना।
डर का दिया रखना राह दिखाने को
झूठ की धुंध को थोड़ी हवा देना।

ना मैंने कहा वो सच था सारा
ना झूठ था जो तुमने सुना सब
अकेले जब होने लगो कभी कहीं
खुद से खुद को ही ये सदा देना।

इंसान जीता है खुद से ही हमेशा
खुद की मौत होती है खुद के हाथ
जब लौट के आओ मन के अंधेरे से
सबको जो देखा तुमने वो बता देना।

बेकार

ना कोई आसमां है
ना कोई जमीं है
ना कुछ अधिक है
ना कोई कमी है
ज़िन्दगी तुझसे चली
तुझपे ही ये थमी है
इन सब चीजों में
ये अक्ल क्यों रमी है।

ना कोई ईश्वर है
ना कोई नश्वर है
ना ही कोई कर्म है
ना ही कोई धर्म है
ना ही कोई सार है
ना कोई आधार है
इन सब पर सोचना
निहायत बेकार है।

उसकी आँखें

उसकी आंखों के कोनों से अक्सर
पढ़ा करता हूँ मैं
रंजो ग़म की स्याही से लिखे

कुछ बेमाने से ख्वाब
कुछ अधूरे से अरमान
उसके मन की बातें
दुनिया के कुछ फरमान

तितलियों के से रंग
पंछियों की सी उड़ान
सिर्फ मैं ही नहीं था
चाहता था उसे ये जहान

उसकी बातों के लहजे में अक्सर
सुना करता हूँ मैं
हौसले की कलम से लिखे

कुछ ख्वाब अधूरे से
कुछ रिश्ते थे नाराज़ से
मगर फिर भी उसके
पंख थके न परवाज़ से

खुद को खोकर भी
वो रहता था ऐजाज से
फड़कन कभी न दिखी
उसकी मंद आवाज से।

ख़ौफ़ज़दा

ख़ौफ़ज़दा हम दोनों ही हैं
मगर वजहें मुख्तलिफ हैं
बेबस हम दोनों ही हैं
मजबूरियां मुख्तलिफ हैं।

तुम खौफ में हो कि मैं
मिल न जाऊं रस्ते में
मुझे खौफ है कि बात
दिल की न कह जाऊं

तुम खौफ में हो कि मुझे
नज़रअंदाज़ न कर पाओगे
मैं खौफ में हूँ कि तुमसे
नज़रें ना मिला पाउँगा

तुम इस खौफ में हो कि
कुछ यादें पुरानी आएंगी
मैं खौफ में हूँ कि मुझे
फिर रातें रुलाने आएंगी

तुम मजबूर हो क्योंकि
लोग बंधे हैं संग तुम्हारे
मैं भी बेबस हूँ क्योंकि
कुछ अपने हैं मेरे सहारे

तुम मजबूर हो क्योंकि
तलाशते हालात मुक्कमल
मैं बेबस हूँ ये सोचकर
कहीं हो न जाए हलचल

इसी तेरे मेरे खौफ में
तेरी मेरी मजबूरियों में
तलाशते कुछ पल सुकूँ
चंद पल नज़दीकियों में।